KB053576

한 숨, 쉼을 가져요

한 숨, 쉼을 가져요

초판 1쇄 인쇄   2020년 6월 19일
초판 1쇄 발행   2020년 6월 26일

지은이   임선영

펴낸이   윤동희

편집   김민채, 황유정
디자인   김승은
제작처   교보피앤비

펴낸곳   (주)북노마드
출판등록   2011년 12월 28일
                제406-2011-000152호

주소   08012 서울특별시 양천구
                목동서로 280 1층 102호
전화   02-322-2905
팩스   02-326-2905
전자우편   booknomad@naver.com
인스타그램   @booknomadbooks

www.booknomad.co.kr

ISBN 979-11-86561-70-6 (03810)

이 도서의 국립중앙도서관
출판예정도서목록(CIP)은
서지정보유통지원시스템홈페이지
(http://seoji.nl.go.kr)와
국가자료공동목록시스템
(http://www.nl.go.kr/kolisnet)에서
이용하실 수 있습니다.
(CIP 제어번호: CIP2020021397)

한 숨, 쉼을 가져요

임선영 지음

북노마드

내면의 파도를 잠재우는 일이,
잔뜩 뜨거웠던 열기를 가라앉힐
오후 다섯 시가 필요하다.

떠나야 한다.

PART 1   파란 도시,
                헬싱키

PART 2   온도차가
          느껴지는 도시,
          탈린

누구보다 '잘'하고 있지만,
인생을 '잘' 보내고 있는지는
장담할 수 없었다.
기한 없이 떠날 수 있었고,
그렇게 '인생 휴학'을 시작했다.

PART 1

파란 도시,
헬싱키

빈틈 없는 날

거친 물살처럼 빼곡한 업무가 삶을 덮쳐오면 파도에
휩쓸려 모래처럼 부서졌다. 스스로를 거대한 암석이라
여겼던 예전과 달리, 스트레스에 긁히면서 점점 얇고
가녀린 알갱이가 되어갔다. 주어진 상황에 '최선을
다하라'는 버팀의 단어는 위로를 주지만, 이내 뜨거운
열기를 품으며 스스로를 더욱 세차게 다그쳤다.
거센 힘을 이길 수 없는 나는 점점 바깥으로 밀려났다.
물론 파도가 사나운 만큼 일은 익숙했다. 누구보다
'잘'하고 있지만, 인생을 '잘' 보내고 있는지는
장담할 수 없었다.

거기까지 밀려간 순간, 자리를 박차고 일어나
뜨거운 모래밭을 벗어나자고 다짐했다. 기한 없이
떠날 수 있었고, 그렇게 '인생 휴학'을 시작했다.
여행하며 만났던 이들은 백수 여행자, 그러니까

나에게 대체로 비슷한 걸 궁금해했다.

- 한국인들은 대부분 일을 그만두고 여행한다며?
도대체 왜 그러는 거야?

그때마다 변명처럼 대답했다.

- 먼 곳으로 떠날 만큼 휴가가 충분하지 않으니까.

하지만 생각해보면 정확한 답은 따로 있다.

'익숙한 곳을 두고 오래 떠날 만큼 지쳐버린 거야.'

장면 단위로 쪼개진 시간을 잡고 길게 늘어져
대롱대롱 매달렸다. 아침 늦게 일어나 물을 끓여
티백을 우리고, 차가 식으면 가까운 곳을 산책했다.
심심하면 카페에 들러 어제와 다른 사람들을
구경했다. 좋아하는 노래를 플레이리스트에 담아두고
따스한 곳에 앉아서 무겁게 가라앉는 눈꺼풀을 반쯤

닫아두고 일자로 늘어진 구름이 빠르게 미끄러지는 모습을 지켜보았다. 그리고 늘어지게 잠이 들었다.

길고 긴 시간을 머무르다가 다른 곳이 보고 싶으면 늘어진 짐을 챙겨 떠났다. 완벽하게 계획한 여행은 아니었지만 완벽하리만큼 마음에 들었다. 그렇게 지낸 계절은 다른 어떤 날보다 진했다.

몸에 들러붙은 꾸깃꾸깃한 물건이 전부였던 공간에서 원래 있던 방으로 돌아오면, 사람들은 (많은 이들이 기록했듯) 나 역시 답을 얻었을 거라 예상했지만, 오히려 그 시간은 지금까지의 나를 알아가는 깊은 날들에 불과했다. 어떤 사람이기에 무엇이 소중한지, 어떤 가치관을 지녀서 어떤 걸 좋아하는지. 보이지 않는 깔끔한 일자 도로를 달리다가 발자국만 보이는 숲길로 이탈하며 나를 제대로 파악하게 된다.

여행자가 되어 부러운 눈으로 멍하게 쳐다보았던 그들도 하루를 '잘' 보내는 삶을 끊임없이 추구한다.

그래서 더는 그들을 부러워하지 않기로 했다. 나는
몰려오는 파도와 정면으로 부딪치려고 애쓰기보다
파도의 굴곡을 눈치챌 때 빈틈을 만들어 잠시 멈춰야
한다. 시간이 충분히 흐르고 파도가 잠잠해지면
그 마음을 바탕으로 일상에서 조율하며 살아야 한다.
나는 그런 사람이다.

여행은 단지 이걸 깨닫기까지 주기적으로 필요하다.
나는 여전히 내면의 파도를 잠재우려고 떠난다.

이번 목적지는 '파란 도시' 헬싱키와 '온도차가
느껴지는' 탈린이다.

고요한 정리

해가 뜬다. 하얗게 눈 쌓인 땅을 뚫고 나온
신선한 당근처럼. 참으로 고요하다. 새벽 다섯 시 반,
어딘지 모를 땅 위에 떠 있다. 충분히 잤는데도
아직 절반도 오지 않았다. 보통 장거리 비행에서는
사육당한다고 해도 무방할 정도로 먹고 자기만 한다.

쉬는 것도 지겨우면 사진을 정리한다. 카메라
메모리카드에는 몇 달 전 찍었던 여행 사진이
바로 직전에 떠났던 여행처럼 생생하다. 선과 색을
보면서 자연스럽게 걸었던 장면들. 흐린 날씨는
미화되어 차분한 분위기를 내비치고, 이 사진을
내가 찍었나 싶을 만큼 낯선 구도로 잡힌 풍경은
다시 봐도 새롭다. 꽉 찬 그때의 웃음과 모습이
여전히 남아 있다. 정말이지 지울 수 없는 사진이다.

반면 카메라와 달리 용량이 크지 않은 오래된 핸드폰에는 지난 비행에서 지우고 남은 사진과 일과 관련된 사진이 전부다. '아이디어 수집'이라 칭하는 캡처 이미지, 쌓이기만 하고 도무지 쓸모없는 사진은 이럴 때 정리하면 좋다. 정리하다가 새로운 활용도가 생기면 따로 메모장에 적어두고 바로 삭제. 사진을 더 찍어도 되는 용량을 얻었다. 현실에서 멀어짐과 동시에 여행을 시작하는 기분을 잔뜩 느낄 수 있다.

사진을 정리하고 나면 괜히 가방을 뒤적인다. 가방이라고 해봤자 보내는 짐 없이 기내용 캐리어가 전부다. 짐이 그리 많지 않다. 짧은 여행은 가벼운 에코백 혹은 배낭, 긴 여행은 여행용 배낭 혹은 20인치 캐리어를 가져간다. 필요한 물건을 빠짐없이 챙겨도 큰 가방이 필요하지 않다. 도대체 9일 동안 북유럽에 가면서 어떻게 기내용 캐리어 하나만 가져가는지 다들 궁금해한다. 농담 삼아 짐 챙기는 동영상 하나 남겨달라는 얘기도 듣고.

처음부터 여행 짐이 간소했던 것은 아니다. 스물한 살, 처음으로 내가 모은 돈으로 동남아 떠났을 때는 생수 10통을 챙겼었다. 외국에서 물을 사서 마시는 게 아깝다고 생각했던 걸까. 물이 기내 반입금지 품목인 것도 몰랐다. 결국 열어보지도 못한 물은 캄보디아로 가는 공항에서 버렸다.

이런 일도 있었다. 몇 년 전 터키로 향하는 비행기를 탔을 때 일이다. 수화물을 잃어버리기로 악명 높은 항공사를 이용했는데, 신경 쓰지 않고 짐을 부쳤다. 하루면 돌아온다는 짐은 어찌 되었는지 소식이 없었고, 속옷부터 화장품까지 다시 사야 했다. 짐은? 한 달이 지나서야 돌아왔다.

이런 에피소드가 있지만 탑승 때까지 짐을 들고 다녀야 하는 수고로움을 감수하면서 기내 반입을 고집하는 이유는 몇 가지 장점 때문이다. 우선 무게가 부담스럽지 않다. 적당히 감당할 수 있다. 저가 항공사를 이용할 때 비용을 추가하며 짐을

보내지 않아도 된다. 기내 수화물로 가져가면
보낸 짐을 찾느라 기다릴 필요도 없다.

많이 덜어냈다고 생각했지만 이번 여행만큼은
욕심을 부려 챙긴 물건이 있긴 하다. 크레파스와
두꺼운 종이. 책을 만들다 남은 종이에 여행한
매 순간을 크레파스로 기록하면 어떨까. 미대생의
로망이었지만 망각했다. 작년에 산 크레파스는
북유럽에 갈 때까지 한 번도 쓰지 않았다. 비행기에서
마음껏 쓰려고 꺼내 들었지만 역시 종이에 닿지 않았고,
그렇게 원래 자리로 돌아올 때까지 짐이 되었다.
이제 서랍을 열면 크레파스 향이 두텁게 날 지경이다.
혹여 필요하지 않을까 걱정하며 넣은 물건은 막상
챙겨 가도 사용하지 않는다는 사실을 안다.

잎이 반짝이는 날씨

보들보들한 푸른 밭, 그 가운데 단단한 빨간 지붕.
빌딩 숲이 아니라 보슬한 녹색 나무가 가득 찬 곳.
헬싱키다. '아니다'라고 생각했다. 북유럽 하면
막연하게 떠오르는 이미지는 새하얗게 눈 쌓인
곳에서 빨개진 코를 녹여주는 달짝지근한 코코아를
마시는 겨울이기에, 녹음이 짙은 여름은 상상하지
못했다. 기차를 같이 타고 온 사람들이 줄지어
함께 걷는데도 혼자 동떨어진 듯 갑작스레 언어도
낯설다. 얇은 티셔츠를 입은 사람들 속에서
나 홀로 입고 있던 두터운 기모 후드 두께만큼이나
어색했다.

인포메이션 센터에서 지도를 받아 시내로 가는 길을
물었다. 시내버스는 몇 번, 어느 정류장, 가격은
얼마 등 검색하면 찾을 수 있는 간단한 정보인데도

미리 알아보지 않았다. 어차피 공항에 도착하면 단번에 알 수 있으니 모르면 사람들에게 물어보는 편이다. 게다가 가기 전날까지 일을 하고 가야 하는 상황이라면 시간이 없어 포기할 수밖에. 직원은 지도를 펼쳐 볼펜으로 방향을 표시하며 지금 상황에 맞는 제안을 해주었다. '시간이 많으면 시내버스를 타고 풍경을 보는 것도 좋지만, 어차피 같은 가격이니 바깥으로 가는 기차를 타는 건 어때? 언더그라운드에 있지만 공항을 나가면 맑은 풍경을 볼 수 있어!' 가령 이런 말들.

기차를 타는 법은 간단하다. 두 시간 이내에 버스나 트램 등 교통수단을 자유롭게 이용할 수 있는 싱글 티켓을 계산했다. 기계에서 구매할 필요도 없다. 두터웠던 기모 후드를 주저 없이 벗고 공항을 벗어났다. 잎이 반짝이는 눈부신 날씨에 중앙역까지 가는 기차는 여유롭다. 왼쪽으로는 햇빛이 들어오고 오른쪽으로는 사람들이 들어온다. 여름옷을 챙겨 와도 됐을 정도로 추위가 없는 나라처럼 따사롭다.

내내 겨울이다가 백야가 시작되는 여름이라 곳곳에서
사람들이 민소매 혹은 맥시 드레스, 수영복을 입고
잔디에 누워 일광욕을 즐기고 있다.

에스플라나디Esplanadi 공원에 도착하자마자 양말을
벗고 샌들로 갈아 신었다. 발가락에 틈이 생기자
제대로 여름이 느껴진다. 비에 젖은 축축함이 아닌,
물기를 머금어 싱싱하고 시원한 잔디다. 화장도
하지 않았으면서 이내 드러눕고는 다리를 위아래로
번갈아 움직이며 가볍게 털어냈다.

볕을 좋아하고 잘 흡수하는 피부라서 여름만 되면
제대로 타기 일쑤다. 하얗고 뽀얀 피부 톤을 가진
사람이 부럽다. 원래 그리 흰 피부가 아니기에,
이쯤 되면 선크림을 반드시 챙겨야 하지만, 어차피
타버릴 피부이므로 애써 바르지 않는다. 그래서인지
여행을 하며 한국인인지 몰랐다고 말한 사람도
있었고, 간혹 저녁에 영상통화를 하면 얼굴이 보이지
않는다고 말하는 친구도 있었다. 농담이 아니라

진짜로. 한국에 돌아와 화장품을 새로 사러 가던 날,
맞는 톤이 없어서 당황한 적도 있다. 심지어 긴
여행을 다녀와 문을 열자마자 당황한 엄마의 표정을
먼저 본 경험도 있다.

여기저기 돌아다니며 붉은 기운을 끌어안아
그을린 피부는 겨울이 다가올수록 은은해진다.
쌓아온 순간만큼 짙어진 피부와 옷에 가려진
밝은 피부를 동시에 볼 때면 아낌없이 보낸 청춘을
마주한 듯 괜스레 기분이 좋다. 이번에도 뜨겁게
눈부시게 놀았구나 싶어서. 이제는 해를 받은
지금의 톤이 익숙하다.

한정 없이 느린 밤

헬싱키 버스터미널은 서울에 있는 센트럴시티
터미널과 비슷하다. 지하철역에서 이어진
캄피 쇼핑센터Kamppi Center 지하에 있다. 여유롭게
도착하면 좋았을 것을 가뿐한 다리로 하버를
둘러보느라 빠듯하게 도착해버렸다. 전혀 늦지 않을
거리이지만 입구가 여럿이라 집중하지 않으면
헷갈린다. 다행히 뽑아온 예약 종이에 적힌 플랫폼을
출발 시간을 얼마 남기지 않고 간신히 찾았다. 하지만
버스의 목적지는 코트카Kotka가 적혀 있다. 아뿔싸.
그새 플랫폼 위치가 바뀌었나 싶어 조급한 마음에
짐을 내어주는 아저씨에게 뛰어가 포르보Porvoo행
버스는 어디서 타는지 물었다. 처량한 내 눈동자는
아랑곳하지 않는 듯 무심하게 그저 줄을 서란다.

나중에 알고 보니 헬싱키에서 포르보를 지나 코트카까지 가는 버스다. 좁은 2층 버스는 좌석을 꽉꽉 채워서 출발한다. 시골을 향해 간다.

50분 남짓 나무들 사이를 달려 도착한 포르보는 헬싱키 근교로 유명한 핀란드에서 두 번째로 오래된 작은 도시다. 체코의 체스키 크룸로프처럼 보통 당일치기로 방문하는 곳이다. 하지만 나는 그곳에서도 그랬듯이 이곳에서 하루를 머물기로 했다. 서두르지 않아도 되니까. 숙소는 올드타운 끝 포르보 대성당 근처에 위치한 펜션 같은 곳이다. 분홍빛으로 칠해진 나무문을 열고 들어가면 집주인이 살고 있는 건물과 마주 보고 있는 하루뿐인 우리 집이 있다. 조식은 냉장고에 준비되어 있고 사우나는 화장실에 있다. 화장실에 사우나가 있다. 이래서 핀란드인가!

힘들게 끌고 온 캐리어가 없으니 돌길도 가뿐하다. 서울을 떠난 지 하루가 됐지만 핀란드에 도착한 지는 아직 반나절밖에 되지 않았다. 시간을 거스른 오후다.

아직 시차 적응이 필요해서 강가 근처에 앉아 커피를
주문했다. 여섯 시가 되니 겨우 네 시처럼 볕이 무겁다.
저마다의 방식으로 볕을 즐기는 사람들. 맨발로 앉아
아이스크림을 먹거나 요트를 타고 강을 따라 걷거나
와인 혹은 맥주를 마시며 썬 번에 맞서거나 나처럼
그늘에 앉아 쉬거나. 손에 쥔 소프트 아이스크림이
더위와 싸우느라 바닥을 툭툭 치지만, 강은 더욱
반짝이고 그림자는 잔뜩 기울었다. 미처 가져오지
못한 돗자리가 생각났다. 나뭇잎 그림자가
날갯짓하는, 잠자기 딱 좋은 나른함 때문에.

여덟 시가 되자 비로소 시원해진다. 괜찮은 펍에
가려다가 마트에서 간단히 맥주와 군것질거리를 사서
강바람을 등져 다리에 앉았다. 당일치기 손님들이
떠나간 다리 앞으로 해가 내려가고 낮부터 끊임없던
노래가 등 뒤로 이어진다. 명당. 맥주는 쓰지 않고
납작 복숭아와 감자칩은 단짠단짠. 완벽하다.

해가 지지 않을 뿐인데 하루가 길어졌다. 시간이
늘어나니 한정 없이 느긋하다. 바로 하루 전까지만
해도 빼곡하고 촉박했던 시간이 바람처럼 흩어진다.
21시 35분, 아직도 밝다. 시차도 있고 백야도 있어서
쉽게 잠들지 못할 거라는 예상과 달리 눕자마자
졸음이 몰려온다. 서두르지 않고 느린 밤을 보냈다.

모기를 생각해

바람 소리가 창문 틈 사이로 들어오고 아련한 불빛이
나가는 새벽. 문을 열어두고 편안하게 자는 동안
갑작스레 폭우가 쏟아진다. 비 소식을 들은 적이
없어서 무심하게 안대를 고쳐 쓰고 다시 잠이 들었다.
이후 비가 그쳤는지 맑다. 깨끗한 구름을 따라
새소리가 곳곳에서 들리며 집 안 온도가 높아진다.
눈을 절반만 뜬 채로 아직 시원함이 남아 있는
바깥 의자에 앉았다. 떠내려가지 못한 채 달려 있던
빗방울이 머릿속으로 떨어져 잠이 깼다.

숙소 주인이 냉장고에 미리 넣어준 조식이
정갈하고 단조롭게 담겨 있다. 치즈와 햄, 우유와
요거트, 빵과 시리얼. 커피가루는 따로 있지만
괜스레 차 마시고 싶은 날씨라 티백을 넣어 우렸다.
또 비가 온다. 빗소리가 문을 활짝 열고 들어와

눅눅해진 공기 속에서 폴킴의 〈비〉를 틀었다.
나른함 무한 재생.

'비가 내리다 말다. 우산을 챙길까 말까. TV엔
맑음이라던데 네 마음도 헷갈리나 봐. 비가 또
내리다 말다. 하늘도 우울한가 봐. 비가 그치고 나면
이번엔 내가 울 것만 같아. Strumming down
to my memories.'

침대에 그대로 쏟아졌다.

점심은 어제 둘러본 곳. 뷔페처럼 줄 서서 차례차례
담아 마지막에 계산하는 듯하다. 도쿄의 어느 식당도
그랬다. 메뉴를 봐도 알 수 없는 글자여서 무슨
음식인지 알 수 없었다. 앞서 들어온 손님에게 간단히
통역을 부탁해서 겨우 먹을 수 있었다. 이번에도
영어로 적힌 메뉴는 없었지만 눈치껏 앞사람을 보면서,
모를 때에는 뒷사람이 도와줘서 연어와 미트볼을
주문했다. 쉽게 주문하는 것보다 나름 '복불복 도전'이

재미있다. 사람들이 드나드는 길목에 자리해서
그냥저냥 운영되는 식당인 줄 알았지만, 여행자는
물론이고 주변에 거주하는 사람들도 자주 찾는
맛집이었다. 다 먹고 나올 때까지 사람들이 끊임없다.

후식으로 젤라또 한 스쿱을 먹고 자그마한 구시가지를
돌았다. 돌길 오르막 끝에 있는 아담한 동네 교회 같은
대성당. 숙소 주인이 우리가 먹을 조식 빵을 사 왔던
베이커리. 잔잔한 강을 따라 자전거를 타고 달릴 만큼
너른 공원. 구름처럼 하얀 천막 아래 옹기종기 모여
있는 벼룩시장. 여행자를 유혹하는 엽서와 자석을
파는 작은 가게들, 그리고 빈티지 소품이 가득한
목조 건물들. 그중 한 가게에서는 좀처럼 보기 힘든
자석을 팔고 있었다. 어디론가 떠났거나 떠나온
도장이 찍힌 우표가 담긴 자석. 그래서인지 우표는
똑같아도 찍힌 도장의 위치가 제각각이라 마음에 드는
딱 하나를 고르기가 어려웠다. 글씨도 직접 적었는지
모두 다르다.

겨우 몇 개를 골라 계산하려고 하자 가게 주인은
나에게 어디서 왔는지, 'Thank you'를 나의 언어로
어떻게 말하는지 묻는다. 보통 이런 질문을 받으면
'감사합니다'는 글자 수가 길어서 외우기 어려우니
'감사'라고 답한다. '감사, 감사' 몇 번 발음하더니
그녀도 핀란드어로 '감사합니다'를 알려준다.
키토스Kiitos! 모기가 없으면 감사하니까 모기를
생각하면 외우기 쉽다는 꿀팁을 덧붙인다.
'모스키토스? 모스-키토스! 키토스!'

'ㄱ'을 배우려고 가방을 떠올려야 했던 어릴 때처럼
무작정 외우는 것보다 머릿속에서 쉽게 이해된다.
그녀의 친절 덕분에 헬싱키에서 여행하는 내내
처음 말을 배운 아이처럼 모기를 생각하며 말할 수
있었다. 나는 어떻게 하면 '감사' 혹은 '감사합니다'를
신선하게 알려줄 수 있을까.

호응할 줄 아는 사람들

자칫 헬싱키로 돌아가지 못할 뻔했다. '키토스'를
배우고 난 뒤 1유로부터 시작되는 소품이 가득한
곳에서 고민하고 고민한 끝에 물건을 몇 개만
구매하고 혹여 깨질까 신문지에 돌돌 말아 봉지에
담아 오는 길이었다. 이제는 버스를 타러 갈 시간이지
싶어 숙소로 돌아가는데 이게 웬걸. 방문은 잠겨 있고
주인집에는 아무도 없다. 겨우 연락이 닿아 집주인이
자전거를 타고 빠르게 와주었지만 제시간을 맞추려면
무조건 뛰어야만 했다. 돌길에 캐리어를 튕기면서
뛰어 다행히 늦지 않았다. 그런데 하필이면 돌아가는
버스 자리가 2층 맨 앞 창가 자리다. 그렇지 않아도
더운 날씨에 뛰기까지 했으니 땀이 나고 어지럽다.
일부러 돈을 더 주고 앞자리에 앉았는데…….
온 힘을 다해 뛴 탓인지 직사광선을 받으면서도
내내 자기만 했다.

헬싱키는 바다를 끼고 있어서 확실히 포르보보다 바람이 시원하다. 터미널에서 몇 블록 떨어진 에어비앤비에 짐을 두고 서울에서 미리 예약한 사우나를 찾기로 했다. 헬싱키에는 유명한 사우나가 두 곳 있다. 관광지에서 가까운 알라스 씨 풀Allas Sea Pool과 한적한 공원 근처에 있는 로일리 사우나Loyly. 둘 다 바다와 닿아 있지만, 알라스 씨 풀은 중심에 있는 만큼 지나다니면서 너도나도 서로를 볼 수 있다. 반면 로일리 사우나는 주변에 아무것도 없고, 시간대별로 예약 인원이 정해져 있어서 상대적으로 한적하다.

버스를 타기에는 시간이 아슬아슬해서 서울 따릉이 같은 헬싱키 자전거City bikes를 빌렸다. 자전거 도로가 잘 마련돼 있는 헬싱키에서는 버스 혹은 트램을 기다리는 것보다 자전거를 타는 것이 훨씬 빠르다. 비록 30분마다 대여소에 반납해야 하는 번거로움은 있지만, 멀리서도 보이는 밝은 노란색이라 찾기 쉽고, 웬만한 위치에는 대여소가 있어서 지금처럼 가까운 거리를 이동할 때 편하다. 가격도 하루 5유로,

일주일 10유로, 시즌권 30유로. 서울 따릉이에 비하면
비싸지만 북유럽 물가를 생각하면 나름 합리적이다.
어차피 헬싱키에 머무는 동안은 끊임없이 탈 테니
아예 일주일로 끊어버렸다. 골목을 벗어나 바닷길을
달리니 더위가 가신다.

얼마 지나지 않아 사우나에 도착해서 수영복으로
갈아입고 사람들과 두루두루 앉았다. 다 함께
모여 있는 찜질방을 생각하면 되려나. 다른 점이라면
사우나에서는 드러눕지 않는 것과 몸에 열꽃이 피면
차가운 바람을 쐬는 것. 처음에는 답답해서 얼마
버티지 못하고 밖으로 나왔지만 뜨겁다 춥다를
반복하다 보니 어느새 익숙해진다. 노하우도 생겼다.
몸에 물을 붓고 사우나에 들어가면 그나마 건조하지
않아서 버틸 힘이 생긴다. 한참 앉아 있다가 밖으로
나오면 몸에서 모락모락 김이 올라온다. 한겨울에도
사우나를 즐기는 이유다. 그럼에도 시린 바다는
 도저히 안 되겠다. 온기를 빼앗기기 전에 도전하는
사람들을 보며 잔뜩 뜨거워진 몸을 그대로 풍덩

담가 보았지만 무리수다. 대신 선베드에 누워 짭짤한
바닷바람만 만끽해도 충분하다.

어느새 식어버린 사우나의 온도를 올리려고 달궈진
돌에 물을 뿌려준다. 모두가 함께 있는 공간이기에
주변 사람들에게 괜찮은지 양해를 구한다. 아무나
할 수 있지만 허락 없이 해서는 안 되는 일. 나근나근
낮은 음으로 대화를 나누다가도 그때만큼은 뜨거움에
저항하듯 말꼬리를 올려야 한다. 운이 좋게도 지킴이
아저씨의 지목을 받아 물을 끼얹었다. 열 받은 돌에
물을 던져주면 증기가 그대로 사우나 내부를 덮어
거대한 열기로 가득 찬다. 뜨거운 숨이 그대로
덮쳐와 턱턱 막히지만 이내 모든 움직임이 느려지며
편안해진다. 첫 물 뿌림이다. 별것 아닌 행동에
박수까지 쳐주는 사람들. 첫 물 뿌림을 축하받았다.
이토록 사소함에 호응할 줄 아는 사람들이라니.
맥주와 소시지를 즐기는 이곳 사람들에게 식혜와
구운 계란 맛도 알려주고 싶다.

평소의 리듬

헤헤. 어제와 달라진 구름 한 점 없는 종잡을 수 없는
가을 날씨가 되었다. 서울에서부터 물리적으로 먼
헬싱키에 와 있지만, 이 사실을 깨달을 만한 흔적은
아무것도 없다. 단지 매일 눈을 뜨고 바라보던 천장을
보는 게 아니라 낯선 무늬 이불을 덮고 있을 뿐이다.
그것만으로도 설렌다. 호텔처럼 조식을 챙겨주지
않아 근처 마트에서 장을 봐야 하는 것마저도 좋다.
키키. 헬싱키니까.

어렴풋이 지도 위를 걸었다고 할 수 있을 정도이지만,
일부러 숙소를 구할 때 관광객이 많지 않아 조용한,
도심에서 어느 정도 깊이 있는 곳을 찾는다. 단숨에
한 바퀴 돌고 나서 과하게 여행자임을 티 내기보다
평소에 늘 그랬던 것처럼 자연스럽게 지내고 싶어서다.
헬싱키에서 잡은 에어비앤비는 디자인 디스트릭트Design

District 주변에 위치한 아파트로 관광지에서는
도보 20분 정도 떨어져 있다.

무턱대고 반팔을 입고 나섰다가 살결에 스치는
온도가 낯설어 겉옷을 챙겨 입고 찬찬히 걸었다.
에스플라나디 공원과 하버 옆 마켓Market Square을 따라
낮은 언덕에 있는 우스펜스키 성당Uspenski Cathedral까지
닿았다. 언덕은 어찌나 낮은지 그곳에 쉬는 이들은
멀리 에메랄드 지붕을 가진 헬싱키 대성당Helsinki
Cathedral을 우러러볼 것 같고, 옆에 있는 대관람차Sky
Weel 꼭대기에서는 성당 끝을 볼 수 있을 것 같다.
고즈넉한 동산에 세워진 집처럼 소박한 이곳은 문마저
페인트가 벗겨져 거친 결이 보일 지경이다. 그럼에도
성당 내부는 적당히 화려하다. 과하게 화려하지 않고
세밀하게 짜인 내부 조각은 바깥에서 들어오는 빛을
받아 반짝인다. 마침 그곳에서 진행되던 결혼식에는
보는 이가 많지도 않고, 주인공이 풍성한 드레스를
입고 있지도 않았지만 유독 돋보였다. 어쩐지
어색해 보이지 않다.

북유럽 디자인하면 누가 뭐라고 해도 심플이다.
하지만 돌아다니며 본 헬싱키는 단순히 무無를
연상시키는 심플이라 정의하기 어려웠다. 군더더기
없는 디테일과 조화로운 소재로 인해 거부감 없이
담백한 '심플'이라고 할까. 친구가 가고 싶어 했던
카페는 묵직한 물결무늬 금속 손잡이 너머 보이는
아카데미넨 서점Academic Bookstore 2층에 자리한 카페
알토Cafe Aalto다. 얼핏 대형 서점에 있는 작은 카페처럼
보이지만, 영화 〈카모메 식당〉에 나와 유명해진
곳이다. 핀란드 지폐와 우표에 새겨질 만큼 친숙한
현대 건축가 알바 알토가 완성해서 의미가 크다.
이곳 역시 무던히도 알바 알토를 티 내지 않으려는 듯
전체 흐름을 방해하지 않는 선에서 깔끔한 금속
로고만 있다. 하지만 아르텍Artek 매장 입구에 매달린
조명이 테이블마다 자리 잡고 있어서 모를 수 없다.
다방과 비슷한 구조에 오래된 흔적이 묻어나는
이곳은 알고 보면 천장에만 2,100만 원이 달려 있는
휘황찬란한 곳이다. 그 은은한 조명 아래 오랜 가죽이
푹신하도록 받쳐주는 곧은 금속 의자에 앉아서

겉은 바삭하고 속은 촉촉한 크루아상과 코끝을
자극하는 향이 풍기는 시나몬 롤과 커피를 주문했다.

서점에 있어서일까. 유리를 통과해 잔잔히 들어오는
햇볕만큼 사람들은 나긋한 목소리로 대화를 나눈다.
나도 덩달아 조용히 말하게 된다. 부모를 따라 나선
아이, 카메라를 들고 영화 흔적을 따라서 온 젊은
사람들, 노트북으로 일하는 직장인, 신문을 읽는
할아버지까지. 지도를 따라 걸었을 뿐인데 평소의
리듬에 맞게 지내는 모습은 이렇게나 자연스럽다.

책이 있는 방

아파트 문을 나서면 오른쪽으로 화방이 있다.
물감 종류가 꽤나 다양한 것으로 미루어 전문가들이
찾아오는 곳인 듯하다. 반대편에는 서점이 있는데,
늦은 오픈 시간과 이른 마감으로 인해 정작 불이 켜진
모습을 본 적은 없다. 불 꺼진 창문을 따라 진열된
베스트셀러의 표지만 봤다. 근처 프리다 칼로가 지키는
레스토랑과 샐러드만 파는 피크닉 가게를 지나
걷다 보면 얼마 지나지 않아 책방이 나온다. NIDE.
독립 서점이다. 사뭇 딱딱한 먹색 문을 열고 들어가면
색색의 책들이 반긴다. 무심하고 불규칙해 보이면서도
나름 뒤적이기 편할 정도로 정갈하게 쌓여 있다.
책을 정리하던 주인은 낯선 나를 보고도 환하게
웃으며 편하게 구경하라 말한다.

이해할 수 없는 언어로 쓰인 책들이 가득하지만
낯선 곳에 가면 빼놓지 않고 책방을 찾아간다. 글을
쓰고 있는 지금이 그려지지 않을 만큼 어릴 적에는
책 읽기도 글쓰기도 싫어했다. 그리스·로마 신화를
포함해 필수로 읽어야 하는 도서 목록은 죄다 피했고,
독후감 숙제는 인터넷에서 검색한 '붙여 넣기'로
끝냈다. 방학에 써야 하는 일기는 '오늘의 날씨는
맑음'으로 시작해서 '내일은 조금 더 잘해야겠다'로
끝나는 수준이었다.

친구들의 왜곡된 기억에 따르면 나는 학교 도서관을
자주 찾아가는 편에 속했다. 어떤 책을 읽었는지
기억나지 않는다. 다만 그때 학교 도서관이 맨 꼭대기
층에 있었고, 나무 바닥이라 조심스레 걸어야 했다는
것만이 기억날 뿐이다. 바닥이 삐거덕대는 소리가
좋았고 종이를 이어 붙이며 늘린 대여 차트가 마음에
들었다. 쉬는 시간 짬을 내서 가거나 점심시간이
끝날 때쯤 가면 학생들이 많지 않다. 최대한 안쪽에
들어가 먼지처럼 꽂혀 있는 책을 꺼냈다. 아지트에

숨겨놓은 서랍 속 일기장을 꺼내는 것처럼. 베르나르
베르베르 『개미』를 읽는 친구를 옆에 두고, 구석에
있는 『위대한 마법사 오즈』 『빨간 머리 앤』 전권의
삽화를 감상했던 기억이 전부다. 몇 권이고 빌렸다
반납하기를 반복하며 오랜 나무를 밟았다.

대학 시절에도 도서관을 자주 찾았다. 강의가 빈
시간에 누워서 조용히 잠을 잘 수 있는 곳은 도서관
소파밖에 없었다. 컴퓨터실 구석에는 감사하게도
무료로 영화를 보는 공간도 있었다. 가끔 작업을
해야 하는데 아이디어가 없으면 도서관으로 향했다.
소름 돋게도 스무 살 때에는 스마트폰을 가진
사람들이 많지 않아서 노트북 아니면 책에서 자료를
찾아야 했다. SNS에서 빠르게 찾는 자료는 상상할 수
없던 시절이다. 손때가 탄 디자인 서적에서는
시간을 들여 찾는 만큼 방대한 자료가 나왔다.

책이 있는 방은 이제 생각의 전환이나 일상에 환기가
필요할 때 자유로운 도피처가 된다. 특히 여행에서는

참새 방앗간 가듯 들른다. 이왕 온 김에 책이라도
사고 싶지만 짐이 무거워지므로 대신 그곳을
기억할 만한 특색 있는 무언가를 구매한다. 예를 들면
프라하에서는 가늠할 수 없는 시간을 보낸 누런 종이를
샀고, 도쿄에서는 writer가 쓰여 있는 라이터를 샀다.
돌이켜보건대 책이 좋아서라기보다 책을 포함한
'주변'을 좋아해서가 아닐까 싶다. 그 시간들이 쌓여
책과 이어졌나 보다.

자연스러운 힙스터

프리랜서 시절, 규칙적으로 시간을 때우려고
'따릉이'를 타곤 했다. 주로 한강을 달렸다. 발을 크게
굴려 멀리 가기도 했지만, 바람이 그대로 느껴질 때에는
짧은 곳을 길게 늘여 가기도 했다. 걸어서 가기 귀찮은
곳을 가기에 제격이다. 그때처럼 자전거를 타고
바다를 건넌다. 마주친 곳은 도도하게 걷는 갈매기가
맞이하는 힙스터 디스트릭트Kallio다. '힙스터'라는
말에서 연상되는 느낌과 사뭇 다르게 한적하고
여유로운 이곳은 건물 사이 간격이 넓고 길이 곧게
뻗어 있다. 그러고 보면 헬싱키에서 걸어 다니며
누군가와 부딪친 적이 없다. 복잡한 시간에 돌아다니지
않았지만 대체로 그러했다. 명동에 비하면 관광지마저
가볍게 산책하기 좋을 정도니 겨우 다리 하나 건너온
이곳은 더욱 사람들 보기가 어렵다. 그나마 무리 지어
있는 모습은 동네 펍이나 카페에서 볼 수 있다.

다소 실망스러웠다. 힙한 가게들이 줄지어 문을 열고 있을 거라 생각했기에, 문을 드나들며 정신없이 눈을 굴릴 기대를 나도 모르게 하고 있었나 보다. 그나마 띄엄띄엄 간판이 나와 있는 가게들은 멀찍이 떨어져 있는 바람에 걷다가 지친다. 제멋대로 기대하고 상상했기에 실망해도 어쩔 수 없다. 원래 그렇기에.

가볍게 샌드위치와 추천받은 흑맥주를 마시려고 지나가며 보았던 카페에 자리를 잡았다. 한차례 점심이 지나자 손님들의 발보다 참새들이 자주 찾는 카페였다. 바깥 자리에 앉아 집으로 향하는 사람 몇, 카페로 찾아오는 사람 몇, 택배를 전하러 온 아저씨를 보았다. 이후 다시 조용해졌고 옆 사람이 데려온 강아지가 움직이는 소리만 들렸다. 그가 멀리 사라질 때까지 뒷모습을 하염없이 바라보는 동안 다른 행동은 하지 않았다. 그리고 눈을 감았다.

오후 네 시 반. 해의 기운을 받아 풀이 짙어지는 시간. 이럴 때면 가볍게 책을 읽고 싶다. 가벼울 때 읽는 가벼운 책은 어느 때보다 무겁게 마음에 쌓이므로.
가볍지만 삶의 무게가 느껴지는 글은 느끼는 것을
그대로 옮겨 담아 자유로운, 표현에 서투름 없는
사람이 쓴 진솔한 글이다. 따뜻한 커피가 식어가는
동안 커피 잔을 여러 번 움직이는 동안에 읽을 수 있는
글이다. 작위적이지 않고 어색하지도 않은 글말이다.
마음이 가는 대로 쓴 에세이가 꼭 그렇다.

책을 만들 적에 입고하던 책방 주인에게 고민을
털어놓은 적이 있다. 내가 만든 책을 사람들이
좋아하는 이유가 단지 실로 엮인 겉모습 때문인 것
같다고. 종이를 자르는 것부터 완성되기까지
오로지 손으로만 했기 때문에 정성을 보는 거라고.
필체를 고스란히 느낄 수 있는 글씨에 감탄하기만
하고 풀어낸 문장에는 관심이 없는 것 같다는 등
지레짐작.

잘 쓰고 싶다고 했다. 그가 내 말을 가만히 듣다가
해준 말은 '그냥 시작하는 사람들도 많아요'였다.

당시에는 앞서 말한 복잡한 가설에 동의했지 싶어서 더 울적했지만 시간이 지날수록 그 말이 얼마나 중요한 말이었는지 알게 됐다. 가볍고 담백한 글을 쓰기 위해서는 '그냥' 써보고 계속 써보고 끊임없이 덜어내는 시간을 반복해야 하기에.

힙스터가 없는 거리에서 읽을 글이 없으니 할 수 있는 일이라고는 자연스럽게 앉아 해가 눈꺼풀 위를 무겁게 누르며 몸 안에 차 있던 공기를 조금씩 빼는 시간을 즐기는 것뿐이다.

양복이 싫었던 취향

양복을 입고 출근하는 사람들 틈에 섞이지 않고
브런치 가게에 앉아 오믈렛을 주문했다. 칵테일처럼
샷과 얼음을 흔든 아이스 아메리카노는 거품만
잔뜩 생겨 맹하니 맛이 없다. 주문한 브런치가 나오길
기다리면서 지금 즈음 무슨 일이 생겼으려나 싶어서
회사 메신저에 접속했다. 남들 일할 때 맞춰 기웃거려
보지만 이미 내가 필요치 않은 일들이다. 종료.

이십 대 초반의 나는 사회생활을 시작할 줄 몰랐다.
그 시절 앞날에 취업이 없었을뿐더러, 이제와 말하지만
취업이 싫었던 이유는 정장 때문이다. 워낙 화려한
옷을 좋아하는 터라 깔끔한 화이트 셔츠에 차분한
검은색 바지를 입은 내 모습을 상상하기 어려웠다.
녹색 양말을 신고 출근할 수 있는 회사가 몇이나 될까.
짤랑이는 팔찌와 치렁치렁한 옷을 입을 수 있는,

힐이 아닌 둔탁한 워커를 신을 수 있는. 틀을 깨고
싶어 했던 나이였기에 단정하게 차려입은 회사원을
보며 마치 거품만 생겨 맹한 아이스 아메리카노
같다고 생각했다. 그렇지 않아도 재미없는 회사를
똑같은 머리를 하고 똑같은 옷을 입고 내가 아닌
모습으로 다녀야 하다니. 맹하니 맛이 없게. 정해진
규칙이 마음에 들지 않았고, 누군지 구분할 수 없을
만큼 똑같은 모습으로 촬영한 면접 사진도 찍고 싶지
않았다. 대신 갈색 머리에 갈색 셔츠로 이력서
사진을 붙였다.

돌이켜보면 나는 선입견과 고정관념으로 가득 찬
고집불통이었다. 왜 나다운 모습을 받아들여주지
않는지 극히 일부의 모습만 보고 발끈했다. 지금은
사회화가 되어서 이전처럼 극단적으로 생각하지
않지만, 단정한 용모를 비웃었던 내가 면접을 보고
회사 생활을 시작한 계기는 정말이지 우연이라
말할 수밖에 없다. 아집을 버리고 직장인이 되었던
것은 첫 회사의 몫이 컸다. 다행히도 그곳은 나를

바꾸려 하지 않았다. 더 과한 사람들도 많은 자유로운 곳이었다. 그들 역시 첫인상이 중요한 면접에는 깔끔한 모습으로 왔겠지만. 시간이 지나고 나서야 정장 한 벌 입고서 중요한 자리에 가보는 것도 괜찮다는 것을, 그리고 이런저런 상황에 유연하게 대처하는 방법도 필요하다는 것을 알게 되었다.

사회화가 됐지만 여전히 독특한 물건을 찾는다. 특히 회사가 아닌 밖에서라면 더욱이. 깔끔하게 차려입은 사람들이 한차례 지나간 뒤 맛이 없던 커피를 대체할 입맛에 맞는 고소한 커피를 들고, 어제 문이 닫혀 들어갈 수 없었던 빈티지 가게에 다녀왔다. 어제는 굳게 닫혀 있던 특이한 자유곡선 모양의 손잡이는 내게 어서 오라는 듯 안을 향해 휘어 있었다. 복잡한 듯하지만 나름의 기준으로 정리된 소품은 새로운 주인을 맞이하기에 충분히 매력적이었다. 화려한 패턴이 가득한 곳에서 어느 때보다 반짝이는 눈을 하고 있는 나를 보면, 때가 타도 변하지 않는 것은 시선이 가고 마음에

남는 것으로부터 나오는 확실한 취향임을 알 수 있다. 가게에서 단 한 벌밖에 없는 셔츠를 데리고 나왔다. 그나저나 손잡이는 어디서 났을까. 어떻게 얻을 수 있을까. 줄곧 탐난다.

대자연의 모습

헬싱키에서는 신기하게 대중교통 티켓을 앱HSL 혹은
모바일 페이지에서 구매할 수 있다. 티켓을 판매하는
곳을 힘들게 찾지 않아도 되고, 부족한 교통카드
금액을 두려워하지 않아도 된다. 사용하는 사람을
배려해 간단하게 디자인된 앱이라 누구나 쉽게
이용할 수 있다. 자전거 대여 사이트나 에스토니아로
넘어가는 페리를 예약하는 사이트를 써보면 군더더기
없는 디자인 하나로 충분히 사용자를 배려했다는 것을
느낄 수 있다. 필요한 것만 간단히. 다음 날 이동까지
생각해서 구매한 1일 티켓으로 버스, 지하철, 기차,
페리, 트램을 전부 이용할 수 있다. 무료 페리만 있는
것은 아니지만 수오멘린나 섬Suomenlinna으로 가는
배편은 포함이다. 소란스러운 갈매기와 눈치싸움을
하며 섬에서 먹을 점심을 챙겨 배에 올랐다.
뻥 뚫린 바깥 자리에 앉으니 넉넉한 셔츠 사이로

부는 바람이 선선하고 해가 따듯하다.

'자 이제 내리세요.' 한마디에 질서를 지키며
내릴 준비하는 어른들. 어딘지 모르는 곳에 떨어진
참으로 무해한 얼굴이다. 펄럭이는 깃발만 봐도
소녀처럼 웃는 어른들을 보면서 지루하지가 않다.
이 유명한 섬은 오늘의 목적지가 아닌 경유지에
불과하기에 넓은 잔디 벤치에 앉아 교회를 바라보며
점심 도시락을 꺼냈다. 소풍 온 것 같다. 멀찍이
떨어진 비둘기가 행여나 다가올까 오지 말라고
난리법석을 떨었다. 땅에 떨어진 꽃가지를 주워 들고
돌아다니다가 벌이 가까이 오는 바람에 극도로
두려운 표정을 지으며 사진을 남겼다. 소풍처럼.

수오멘린나 섬을 거쳐 가려고 했던 목적지는 섬 하나에
사우나만 달랑 있는 곳이다. 오로지 사우나를 위한
섬Lonna. 레스토랑을 포함한 사우나와 바다밖에 없다.
그야말로 한적하게 자박자박 돌 위로 올라온 백조가
털을 고르게 가꾸고 물을 한참 털어내는 장면을

멍하니 지켜볼 수 있는 조용한 섬이다. 바다는
바닥이 보일 만큼 투명하지도, 해변처럼 고운 모래를
가진 것도 아니지만 소수의 사람밖에 없는 프라이빗이
주는 낭만이 있다. 괜스레 바다가 맑아 보인다.
수건 한 장과 물컵 한 잔. 물을 뿌리고 들어가도 이내
건조해지는 사우나와는 다르게 어느 이유에서인지
피부가 부들부들해질 만큼 습해서 정신도 맑아진다.
그런 곳에서 대자연의 시간을 경험하며 눈도 맑아졌다.

누군가가 아담과 이브처럼 태초의 모습으로 사우나를
즐기고 있었다. 그들은 타인의 시선을 신경 쓰지 않고
추운 바다를 백조처럼 잘만 들어갔다 나왔고 물을
털어냈다. 친구와 나는 사우나 바깥에서 차가운 바람을
쐬며 정신이 바짝 차려지는 듯했으나 한 모금 마신
맥주 덕분인지 그들이 아름답게만 보였다. 계속
예쁘다고 읊조렸다.

나중에 알게 된 사실이지만 이 사우나는 원래
수영복을 입어도 된다. 입어야만 하는 것이 아니라

입어도 된다. 그러므로 대부분의 사람들은 수영복을
입었지만, 또 일부 사람들은 수영복을 입지 않았다.
이를 신경 쓴 사람은 우리 둘뿐이었다. 그들이
무관심했던 것일까, 우리가 관심이 지나쳤던 탓일까.
내가 살고 있는 곳에서는 대자연의 모습이 허용되지
않기에 수영복을 입지 않아도 된다고는 생각조차
못했던 것이다. 그렇기에 당황스러운 마음보다는
멋지다는 마음이 앞섰다. 그들에게서 보이지 않는
당당함이 존재했기에.

몸도 눈도 마음도 맑아지며 피로가 회복됐다.
노을이 지는 여덟 시 사십 분. 반대편 하늘은 그들을
보았을 때 하늘 색 그대로다. 술은 자고로 어두워야
제맛인데. 밝으니 술을 마셔도 도통 취하질 않는다.

'이번 여행을 다녀오려고
1년에 받은 휴가의 1/3을 쏟았다.
그곳에서 보낸 일주일은
인생의 1/3 넘도록 남을 것이고,
데려온 물건들은 한평생
함께 지낼 예정이다.

무엇보다 여행을 끝내고
다시 일할 힘을 얻었다.

PART 2

온도차가
느껴지는 도시,
탈린

온도차가 느껴지는 도시

꿈이 뭐예요. 갑자기 꿈이라니. 거창한 대답을
해야 할 것 같지만 몇 가지 목록만 작성하면 된다.
하고 싶은 것, 갖고 싶은 것, 되고 싶은 것, 가고 싶은
곳. 일을 쉬는 동안 학교에서 학생들을 만났다.
어른이 될수록 선뜻 대답하기 어려운 질문을
강의 마지막 교시, 첫 시작에서 묻는다.

- 꿈이 뭐예요?

강의를 준비하면서 학생들에게 예시로 보여주려고
나 스스로의 꿈 목록을 만들었다. 학생들 대다수가
단답형으로 적기 때문에 예시 답변은 최대한
구체적일수록 좋다. '서른 살이 되면 한 달 동안
블라디보스토크에서부터 러시아 횡단 열차를 타고
러시아를 지나 옆에 있는 에스토니아라는 나라에

갈 거예요.' 이렇게 말하면 돌아오는 반응은 한결같다.
에스토니아가 어디예요? 나라예요? 에스토니아 처음
들어봤어요 등등. 학생이 아니더라도 교육 과정에서
세계사나 세계 지리를 공부하지 않는 이상 대부분
이 나라에 관심이 없다. 북유럽 문화에 동유럽 지리에
속한 에스토니아를 포함한 발트 3국으로 여행을
가고 싶어 하는 사람은 흔치 않다.

그렇다면 나는 왜 에스토니아를 품고 있을까.
언제인지 모르는 시간, 잡지에서 중세시대 느낌이
물씬 풍기는 붉은 벽돌에 둘러싸인 마을의 모습을
보았다. 그때부터 포근한 옛 지역에 로망이 쌓였나
보다. 어찌 되었든 나에게 그곳은 꿈의 나라이고,
목록을 작성하면서 더욱 확고해졌다. 에스토니아!
비록 그럴 것이라고 했던 서른이 되어도 횡단열차를
한 달씩이나 탈 수 있는 자유로운 사람이 아닌 터라
아쉬운 대로 비행기를 타고, 배를 타고 가는 것으로
대리만족하기로 했다. 그래도 괜찮다.

헬싱키에서 에스토니아 탈린으로 이동하는
페리Tallink는 공항처럼 체크인을 한다. 티켓에 와이파이
아이디가 부여되면 7층 인포메이션, 8층 면세점,
9층 조용한 좌석이 준비되어 있다. 바다 위 사이에
있으면 스마트폰의 통신사가 그새 바뀐다. 받아온
지도에 빵을 올려 두고 커피를 마시자 어지러움이
가라앉는다. 틈을 내어 헬싱키를 여행하는 동안
적었던 짧은 문장을 정리했다. 고요한 비행, 신선한
당근처럼 땅을 뚫고 떠오르는 해, 꽉 찬 그때의 웃음,
복슬복슬한 녹색 나무 가운데 단단한 빨간 지붕,
잎이 반짝이는 눈부신 날씨, 잔뜩 기울어진 그림자,
할 일이 없어 좋다, 무얼 할 필요가 없으니 일이 없다,
따뜻한 파란색을 품은 도시. 푸른 바다를 지나는
페리 안이 온통 파랗게 물들어 싱그러움으로
가득 찼다.

파란 도시 헬싱키에서 두 시간을 달려 온도차가
느껴지는 도시 탈린에 도착했다. 붉은 벽돌 이미지가
강렬한 에스토니아에서 처음 본 트램은

아이러니하게도 블루. 바다를 옆구리에 껴서인지
환상처럼 마냥 따뜻하지만은 않다. 휑한 바람이 분다.
기억하고 있던 중세시대 느낌과 다르다. 트램은
허허벌판이 정류장이라 했고 허탈하게 웃으며
디자인 잡지에 실렸다던 숙소에 도착했다.

늘어진 틈

숙소는 호스트의 한마디로 단번에 결정됐다.
'After a day in the city, this apartment is perfect to
come back and to relax.' 에어비앤비 말을 빌리자면
여행은 살아보는 거니까. 숙소는 포근하면 포근할수록
좋고 외곽은 아니더라도 어느 정도 거리가 있으면
좋다. 탈린은 그리 큰 도시가 아니기에 오랜 역사를
자랑하는 성곽 주변으로 숙소들이 즐비하다. 하지만
늘 그렇듯 시야를 넓혀 트램을 타고 10분 정도 떨어진
곳에 숙소를 잡으면 그곳에서 살고 있는 이들의
풀어진 일상이 존재한다.

호스트는 아파트 울타리에 열쇠를 걸어두었다고
했다. 휑한 기운에 갑자기 프라하에서 머물렀던
에어비앤비가 떠올랐다. 열쇠를 보관한 박스형
자물쇠가 열리지 않아서 무방비 상태로 오들오들

떨어야 했던 날. 여는 방법 동영상도 찾아보고
여러모로 애써봤지만 결국 자물쇠가 고장이어서
멀리 있던 호스트가 오기를 기다리는 수밖에 없었다.

이번에도 그와 비슷한 방식이어서 두려움이 앞섰지만
다행히 주저 없이 열린다. 열쇠를 줍는 동안 같은
아파트에 살고 있는 아이가 우리와 눈을 마주치려
노력한다. 그리고 대문을 열어주고 금세 계단을 뛰어
올라간다. 그와 어울리는 발랄한 색상과 패턴으로
둘러싸인 계단을 따라 올라서자 금방 닫히려는
아이의 집 문 사이로 언뜻 구조가 보인다. 우와~
쇼룸인 건가. 보통의 집 인테리어가 저 정도라면
며칠 머무를 탈린의 우리 집은 어떨까. 기대감으로
가볍게 열린 문. 높은 천장과 시원하게 뻗은 구조.
숙소는 여지없이 스튜디오를 방불케 했다. 더욱이
마음에 드는 점은 흔적이 남아 있다는 것. 헬싱키처럼
호스트가 거주하지 않고 숙소만 마련해준다면 대부분
펜션에 놀러 간 것처럼 깔끔하고 정갈하다. 하지만
호스트가 실제로 거주했던 곳을 예약하면 물건들은

내가 문을 열기 전까지 다른 주인을 모셨으므로
그의 손때가 그대로 묻어 나온다. 이곳에선 낯선
타인의 흔적에 새로운 내 짐을 늘어놓았다.

고작 헬싱키에서 두 시간가량 페리를 타고 편하게
바다 건너 이웃 나라로 넘어왔음에도 추운 날씨
때문인지 몸이 고단하다. 얼마 남지 않은 물을 마시고
친절한 호스트가 남겨준 목록을 확인했다. 맛집부터
가봐야 할 곳까지, 간단하게 요약해주었지만
당장은 배가 고파서 트램을 타고 나갈 힘조차 없다.
대신 근처 아무 식당에나 들어가는 것을 택했다.
딱 봐도 식당이 즐비한 번화가가 아니어서 선택권은
많지 않다. 그나마 커 보이는 곳에 들어가 자리를
잡았다. 동네 사람들로 보이는 손님들도 드물게
앉아 있고, 나름 다양한 음식을 판다. 영어 메뉴는
없고 직원들도 관광객을 맞이하는 과한 친절이 없다.
좋다. 완벽하게 낯선 곳이다. 몇 가지 음식 소개를
받은 후 만만한 피자와 함께 추천 요리가 나왔다.
생선을 그리 좋아하는 편이 아니라서 비릿함이

강할 줄 알았는데 생각보다 괜찮다. 피자를 먼저
먹어서 그런가. 생선을 먹지 않는 사람이 생선을 먹는
방법은 생선살을 다른 음식 소스에 찍어 먹는 것.

배부르게 먹고 바람이 부는 바깥을 보고 있으니
잠이 온다. 가게를 제외하고는 인적이 드문 곳에
트램만 일정한 간격에 맞춰 지나간다. 근처 카페에서
따듯한 아메리카노를 사들고 집에서 나도 모르게
잠이 들었다. 종이컵에 몇 모금 흘러내린 커피 자국이
말라 연해졌다. 그리고 눈을 떴다. 오래 잔 것도 아닌데
개운하다. 평소에 바쁘게 지내다 보니 이럴 때라도
느긋하고 싶다. 다시 움직일 힘이 생긴다. 호스트에
대한 후기를 남겨야겠다. 고된 하루에 '틈'을
만들어준 집이라고.

지지 않는 태양

인포메이션 센터의 청년은 7시 1분 칼퇴를 했다.
틈을 내어 트램을 타고 밖으로 나온 시간이다.
해가 길어 대낮처럼 밝지만 마감 시간이 되면 문을
닫는다. 어쩌면 쌀쌀함에 거리도 지나는 사람이
없으니 끝냈을지도 모르고, 바로 뒤에 약속이 있어서
다급하게 닫았을 수도 있다. 불을 끄는 그를 방해할 수
없어서 열쇠를 주머니에 넣는 모습까지 가만히 서서
지켜만 보았다. 이제부터 일work이 아닌 다른 일thing을
할 수 있는 본연으로 돌아가는 시간이다. 그 일thing은
낯선 외국인의 질문에 대답해주는 일work이 아니라는
것쯤은 알고 있다. 업무 특성상 야근이 잦기에
1분에 가버린 그를 보며 '정리는 30분 전부터 했겠지'
'오늘 사장님이 안 계시나 보다' 등 갖은 가설을 세우며
부러워했다.

다행히 맥주 집은 늦게까지 열려 있다. 동네 술집인 듯 사람은 많지 않고 가끔 여행자들이 호기심에 들어오는 것 같다. 편하게 앉아 있는 사람들 틈에 자리를 잡고 종류가 다양한 맥주 가운데 추천을 받았다. 도수가 높은 맥주가 와인 잔과 함께 나왔다. 병 안에 있던 맥주는 와인 잔에 따라지며 깊은 숨을 내뱉었는데, 숨결에 묻어나는 향은 정말이지 짙었다. 쓴맛이 났고 따라놓은 와인 색 맥주는 몇 모금 마시지도 못하고 그대로 남겼다. 나머지 한 잔은 그럭저럭 나쁘지 않지만 맛있지도 않다. 에스토니아에서 아쉬운 점은 맥주라고 할 수 있겠다.

조금의 알코올에 얼굴이 벌겋게 올라온 나는 무슨 바람이 불었는지 소품 가게에 들어가 평소 구매하지도 않던 선글라스를 골라 들고서 카드를 긁었다. 대뜸 살 수밖에 없었던 이유는 많다. 일반적으로 볼 수 없는 짙은 연보라색에, 쉽게 부러지지 않는 유연한 소재로 제작된 선글라스는 얼굴 사이즈에도 맞고 가격도 부담스럽지 않다. 언제 다시 마음에 드는 선글라스를

찾을 수 있을까 싶은 마음과 '에스토니아에서
뭐 하나는 구매해봐야지'라는 생각이 더해졌다.

물론 칼퇴하던 인포메이션 센터 청년이 부러워서,
그보다 많은 시간을 일하는 나에게 보상하는 마음으로
월급을 탕진한 것은 아니다. 급작스러운 소비를 하지
않다가 '소비욕'이 폭발한 순간이었다. 그리고 밖으로
나와 행복하게 웃었다. 실실 웃으며 쇼핑백을 끌어안고.
적당한 알코올에 적당한 소비가 주는 행복이랄까.
그거면 됐다.

숙소로 돌아가는 길에 마트에 들러 장을 봤다.
헬싱키보다 저렴한 물가 덕에 장바구니를 채워
계산하는 재미가 있다. 역시 맥주도 담았다. 앞서 망친
쓰디쓴 맥주를 보상해줄 만한 맛일지는 모르겠지만,
겉으로 봤을 때 맛있어 보이는 것들로. 겉만 보고는
속을 알 수 없지만 아무 정보가 없다면 이것도
답이 될 수 있다. 디자인을 신경 쓸 정도로 디테일을
챙겼으면 맛도 디테일하게 챙기지 않았을까 하는

믿음이다. 다른 나라에서도 속아서 당하긴 했지만
다른 방도가 없다. 절반의 확률이지만 맛 좋은 맥주가
걸리기도 하니까. 하지만 아무래도 에스토니아에서
라거는 안 되겠다. IPA만 마시는 걸로.

달이 가까운 밤. 가로등 불에 실루엣이 어슴푸레
물들고 하늘에는 푸른 기운이 가시지 않는다.
서울에서 보낸 밤들과 다르게 소리가 나약하고
차분하게 떨어진다. 센스 있는 호스트가 라이터 대신
남겨둔 성냥으로 방 안 가득 퍼지는 초를 켜고
청포도와 치즈를 꺼냈다. 비행기 안에서만 읽은
존 버거의 소설 『여기, 우리가 만나는 곳』 표지와
잘 어울린다.

여행 내내 무미건조하지 않도록 배경 음악을 깔아준
스피커도 준비되었다. 냉장고 안에서 시원해진
맥주는 입안에서 깔끔하게 터졌다. 플레이리스트에는
새로 나온 음원들이 담겼다. 어반 자파카의 〈서울의
밤(feat. 빈지노)〉. 가만히 앉아서 듣는 상태와 상반되는

가사에 불과 며칠 전까지만 하더라도 그랬었다고
안주 삼아 말했다. '다신 오지 않을 오늘의 밤'. 밖에
돌아다니는 이 없고 돌아가야 하는 날이 다가오니
그간 쉬이 잠들었던 백야가 아쉽다.

무채색 반짝임

쨍한 날씨가 잘 어울리는 곳이 있다. 다양한 색이
곳곳에 존재하는 나라들이 그러하다. 미묘한 차이를
보였던 색들은 따가울 만큼 내리쬐는 햇빛에 강한
자기주장을 내뿜는다. 반면 에스토니아는 채도가
낮다. 대체로 머물렀던 시간들을 어떻게 보냈는지가
전반적인 분위기를 결정한다. 을씨년스러운 날은
비가 한몫하며, 이럴 때는 비보다 안개가 운치를
즐길 수 있게 해준다.

트램 문이 열릴 때마다 비가 내렸다 그친다.
시장Balti Jaama Turg과 기차역 사이 주차장처럼 보이는
버스정류장에서 룸무Rummu로 가는 버스를 기다렸다.
안개보다 조금 굵고 이슬비보다 가는 비는 살결에
닿아 춥다. 몇 명 태우지 않아 헐렁한 버스는 한 시간에
한 대 혹은 두 대 운영한다. 한 시간가량 지나니

창밖에 보이는 풍경이라고는 사람이 사는 곳인가
싶을 만큼 허름한 아파트와 단출한 놀이터.
무미건조하다.

대로변에 멈췄던 버스는 주저 없이 가버리고
나만 덜렁 남겨졌다. 정류장 표지판에 쓰인 '룸무'라는
글자만으로 이곳이 그곳이구나 알 수 있다. 룸무는
소련 시절, 그러니까 러시아가 에스토니아를
점령하던 시절 채석장과 교도소가 있던 곳이다.
왜 이런 깊숙한 곳에 위치해 있는지 알 것도 같다.
방문하기 전에 찾아봤을 때에는 사유지라서
주말에만 개방한다고 했는데 부쩍 찾는 사람이
많아진 탓일까, 제대로 오픈 마인드다.

높게 올라서면 광활한 풍경을 볼 수 있다는 말에
흙이 채 무너지지 않아 공사판 그대로인 위험한 길을
무릅쓰고 꼭대기에 섰다. 버스를 타고 달려왔던 길이
그려질 만큼 시야가 넓어진다. 에메랄드 색 물은
흐린 가운데 맑다. 길 끝에 걸터앉아 발아래로

드넓은 광경을 즐겼다. 날씨가 좋은 날에는 수영을
한다던데, 오늘은 흐릿한 날씨에도 불구하고 물에
빠지는 사람이 나타났다. 옷을 훌렁 벗고 거리낌 없이
빠져든다. 꼭대기와 물 사이 꽤나 거리가 있어
자세히 보이지 않지만 큰 움직임에 어떤 행동을
하는지는 짐작할 수 있다. 그리 깊지 않은지 물 잠긴
건물 주변을 배회하더니 이내 잠수해서 건물 안으로
들어간다. 뭍에 남아 있던 친구는 카메라를 들었고
물속에 있던 누군가는 신나게 손을 흔들며 포즈를
취한다. 놀이터가 성치 않아서인지 동네 아이들도
수영을 하러 온다. 일부가 잠겨 앙상하게 남은
건물에서 다이빙하는 아이들도 더없이 자유롭다.

이를 지켜보는 이는 위에 있던 우리뿐이었다.
제재하는 사람은 없다. 수년 전 누군가에게는
끝없이 지옥이었던 곳은 이제 인증 샷을 남겨주는
핫 플레이스가 되고 아이들이 편하게 소리를 지르며
노는 놀이터가 되었다. 비록 볼품없이 썰렁하지만
이렇게 자꾸 사람들이 찾아와 가득 채워지면 좋겠다.

눈이 부시도록 아름답지 않아도 반짝임 없이
무채색으로 아름다움을 보여주는 이곳이.
맑은 날이면 해변처럼 빛날 이곳을 둘러싼
무성한 숲처럼.

남지 않도록

나는 누가 뭐래도 남기는 사람이다. 순식간에
쏟아져버리는 말보다 조심스럽게 낱장의 떨림이
그대로 느껴지는 기록을 좋아한다. 순간을 남기고
싶어서 사진을 찍는 것처럼 그 장면을 묘사하기
위해서. 무언가를 쓰고 있던 시간이 지나도 그때의
감정을 아련히 느낄 수 있으니. 특히 여행을 하다가
눈에 보이는 장면을 함께 보고 싶은 사람들이나
갑작스레 연결된 과거의 순간에서 떨어져 나온
사람들에게 아쉬움이 남지 않도록 주저 없이
적는다. 그러면 당시의 마음이 무지근하더라도
한 장에 오갈 수 있을 만큼 한낱 가벼워지고 만다.
얇은 종이에 앉은 무거운 마음이 봉투에 담겨
널리 퍼진다. 말이 서툰 나에게 더할 나위 없이
좋은 표현 방법이다.

그래서인지 어릴 적부터 막연하게 어떤 공간을
만든다면 우체국 옆이 좋지 않을까 생각했다.
하다못해 커다란 우체통이 앞에 있는 곳. 편지를
주고받기에 가까운 곳이기를 바랐다. 각 도시에서
우체국이나 우체통을 발견했을 때에 사진을
찍어두는 이유도 이 때문이다.

에스토니아를 떠나야 하는 마지막 날
톰페아Toompea 언덕에 있는 우체국에 가고 싶었다.
크게 포스트콘토어Postkontor가 적힌 우체국은 유럽의
여느 건축물과 같은 국회의사당The Parliament of Estonia과
러시아 건축물 같은 알렉산더 네브스키 대성당Aleksander
Nevski Cathedral 사이에서 바닐라 민트 초코 아이스크림
같은 말랑한 귀여움을 담당하고 있다. 우체국 안,
조용하기를 바라는 듯한 작은 공간에서 각자 구석에
자리를 잡고 누군가에게 마음을 전하고 있었다.
열 명도 되지 않는 사람들의 마음들로 꽉 찼다.

순서를 기다려 어디로든 흩어질 수 있는 우표와
이곳에서만 구할 수 있는 엽서를 샀다. 한국에서
전 세계 어디로 보내든 우표 값이 430원이라고 한다.
그 가격보다는 훨씬 값진 우표다. 이처럼 소중하고
헛되지 않은 값이 어디 있을까. 430만 원 명품과도
바꿀 수 없는 고귀한 쪼가리다. 우표와 엽서를 사고
받은 영수증조차 구김 없이 소중히 챙겨 왔다.

마음이 쓰이는 지인들을 위한 선물을 사러 우체국이
있는 언덕에서 길을 따라 내려갔다. 탈린에 온
사람들 대부분이 광장에 있다고 장담할 수 있을 만큼
사람들이 몰려 있는 시청 광장Town Hall에는 유럽에서
가장 오래된, 600년이 넘는 세월 동안 운영된
약국Raekoja Plats이 있다. 지금까지도 여전히 약을
판매하는 그곳에서 기념으로 구매할 수 있는 것은
중세시대 것처럼 화려한 장식의 포장지로 싸인
초콜릿과 약초로 보이는 식물이 그려진 에코백이다.
에코백은 생각보다 저렴한 가격이라 바로 샀거늘
자세히 보니 열 전사 프린트. 이마저도 오래되었다.

첫날엔 상인들이 모두 퇴근해서 구경할 수 없었던
장에서 발틱 엠버 귀걸이와 에스토니아가 그려진
티셔츠, 바이킹 인형, 나무 피리 등 이곳을
기억할 만한 선물을 샀다. 아, 누가 뭐래도 나는
남기는 것을 좋아하는 사람이 분명하다. 비건은
아니지만 경험해볼 만한 비건 레스토랑에서 배를
채우고, 지나가는 비행기를 보며 집에 갈 생각을
입으로 꺼내자 설핏 먹구름이 꼈다. 아쉬움은
선물로 대신 채워도 남아버린다.

파도의 밀도

바다가 깊은 한숨을 내뱉는다.
밤이 오고 잠을 잘 때가 됐는데도 일정한 숨소리를
반복한다.

빈틈 사이로 파도가 들어온다.
굴곡이 거세진다.
손끝까지 펄럭이다 어느새 결에 맞춰 마음까지
울렁일 여유가 생긴다.
곧 잠잠해진 물결이 보인다.
해가 내려오며 한몸으로 물들어간다.

짙은 여행

한동안 글을 쓸 수 없었다. 일에 치여 더는 머리를
쓸 준비가 되지 않았다고 금요일 밤 퇴근 후 술을
마시며 얘기했다. 상대방은 일하며 다른 무언가를
한다는 사실에 대단하다 말해주었지만, 나는 단지
발을 담그고 있다고 답했다. 헤엄을 치고 잠수하는
사람들이 많은데 고작 퐁당퐁당 물장난이나 치다니.
자꾸만 자신이 없었다. 오랫동안 붙들고 있었던
탓인가. 그래서인지 물리적 시간이 있음에도 집중이
되지 않는다는 이유로, 준비가 덜 됐다며 피해왔다.
심리적인 시간이 부족하다. 쉼도 필요했으니까.
마음이 가벼워지면 글을 가볍게 쓸 수 있지 않을까
하는 마음에. '바빠서'라는 말에 숨지 않으려고
했으나 자꾸만 바쁜 척했다.

문을 쾅 닫아버리기가 어렵다. 퇴근하고 집에 있거나
친구들과 떠들어도 일이 머릿속을 떠나지 않는다.
고스란히 스트레스가 되어 돌아온다. 부담되어
울고 있을 때 글로 사람을 끌어안는 다정한 박연준
시인이 『인생은 이상하게 흐른다』를 통해 이번만큼은
냉정하게 나를 꾸짖었다. '한 발만 넣고 다른 한 발을
빼지 말고, 두 발 다 내어주십시오'라고. 그리고
'자신이 얼마나 시간을 느리게 할 수 있는지, 그리하여
삶의 결을 꼼꼼히 그리고 만져볼 수 있게 만드는지,
자신을 믿기 바랍니다'라고. 책을 아껴 읽고 싶어도
주저하는 손가락을 허락지 않는 분이 페이지를
넘기지 못하게 만들었다. 호통. 마음이 너덜해지지
않고 배길 수 있나.

숨겨놓았던 연필들을 찾아내듯, 마음이란 서랍 속
어딘가에 자리 잡고 있지만 꺼내지 않으면 모르기에
일단 쓰기 시작했다. 종이 위로 연한 사포 질감이
느껴지자 무언가라도 써내려가고 싶어졌다. 여행은
진작 끝났지만 반복했다. 그곳에서 나는 틈을 내며

지냈다. 단맛 빠진 껌처럼 볼품없어질 줄 알았던
기억은 계속해서 부풀어 올라 나를 태우고 구름 위에
올랐다.

자꾸만 기우뚱 중심을 잡지 못했던 것은 한 번에
무게를 과하게 쏟았기 때문이다. 그만큼 파도의
굴곡은 거세졌다. 아꼈던 것들을 꺼내지 못하고
늘어놓지 못하고 속에서만 앓고 있으니 그 감정들이
머리를 차지한다. 다른 생각이 들어갈 틈이 없으니
어쩔 수 없다. 그저 머릿속에 떠다니는 글을 써야겠다.
회사를 다니는 몸이라 정신을 반쯤 떼어놓고 두 발
다 가져가라 내어드릴 수는 없지만, 나눠보기로
했다. 회사를 다니는 나와 글을 쓰는 나. 구태여
어느 하나의 직업으로 규정짓지 않는 삶으로.
직업의 의미가 크게 중요하지 않아졌다. 그 틈은
짙은 여행이 메우고 있다.

유연해지기 위해

서른이 다 되어 필라테스를 시작했다. 30년 동안
배운 운동이라고는 고작 3개월 정도 회사 동료와
스트레스 풀이용으로 다니던 복싱이 전부다.
주기적으로 운동을 했으면 모를까 워낙 몸이 뻣뻣해서
동작 대부분이 어렵게만 느껴졌다. 평소에 다리가
잘 부어도 스트레칭조차 하지 않는 나였다. 그래서
스스로 운동을 이렇게 정의했다. 도전의식에 불타올라
일단 지르거나 아니면 필요에 의해 미루고 미루다
하게 되는 그런 일. 발가락만 꼼지락거리면서 일상에
무리 없이 지내던 몸은 앞자리 숫자 문턱을 넘으면서
버거워졌다. 점차 느려졌다. 더는 미룰 수 없는
운동이라는 단어에 빨간 줄을 긋고 실천! 시작을
외칠 순간이 와버렸다.

하루를 편안하게 마무리할 목적이었으므로
부담 없이 수업에 참여했다. 필라테스 수업에서는
무엇보다 숨 쉬는 방법이 우선이라며 동작보다 먼저
호흡을 가르친다. 해보면 알겠지만 필라테스 호흡은
어렵다. 평소처럼 숨을 쉬며 몸통을 부풀리는 것이
아니라 몸통을 조여야 하고 숨을 뱉을 때는 균일한
양의 공기를 내보내야 하는 호흡이다. 식빵이 부풀어
오르듯 빵빵하게 근육이 차오르지 않지만 대신
숨이 길어질 때마다 몸에 중심이 잡히고 더 작은
근육까지 조절할 수 있게 된다. 스트레스를 받아
뼛속까지 쪼그라드는 상태와는 확연히 다르다.
몸속 무중력 상태에서 새로운 공기를 채우는 기분.
불안정했던 호흡과 움직임이 점차 안정을 찾는다.

몇 차례 겪고 보니 필라테스는 악바리 근성으로
무작정 힘을 주고 버티는 운동이 아니었다. 오히려
평소에 사용하던 부위가 아닌 낯선 근육에 말을 걸어
움직이도록 해야 한다. 큰 움직임은 필요하지 않다.
집중하면 손끝까지 힘주는 습관을 덜어내기까지

쉽지 않았지만 필라테스를 배우면서 이제는 버티지 않는다. 할 수 있는 역량을 꺼내다가 버티기 어려울 때, 힘 빼는 방법을 배우게 됐다.

계절이 변하면 나무는 몸에 무늬를 차곡차곡 쌓아간다. 오래도록 두텁게 쌓인 결은 단단하면서도 자연스러워 보인다. 시간과 시간이 겹쳐 생긴 테두리는 나무를 더욱 유연하게 한다. 크면 클수록 나무가 되고 싶었던 나는 나이테와 같은 텍스처가 나에게도 남았으면 한다. 겉으로는 드러나지 않지만 삶을 유연하게 하고 껍질을 더욱 단단하게 할 무늬.

고맙게도 나를 걱정해주는 사람들이 많다. 그러다가 회사에서 잘리면 어떡하니 등. 하지만 '아프니까 하루 쉴까' 하는 마음과 '에라 모르겠다' 하는 마음을 접어서 차곡차곡 모은 휴가다. 농도 짙은 시간을 보내려고 소중한 하루들을 모았고, 이번 여행을 다녀오려고 1년에 받은 휴가의 1/3을 쏟았다. 그곳에서 보낸 일주일은 인생의 1/3 넘도록 남을 것이고, 데려온 물건들은 한평생 함께 지낼 예정이다.
무엇보다 여행을 끝내고 다시 일할 힘을 얻었다.

아침 일찍 일어나 지하철을 타는 흔한 직장인은
하루를 오전과 오후로 나누는 것도 모자라 시간
단위로 무언가를 해야 한다. 그렇게 한숨을 쉬며
빈틈 없던 날에서 한 '숨'이 필요할 때가 오면
내 마음을 절대 혹사시키지 않으려고 한다.
버거울 때에는 일방적으로 힘을 주는 대신 공기를
빼고 잠잠해질 여유를 준다. 무리하지 않는 선에서
정해진 시간에 퇴근하고자 하고, 지쳤다는 생각이
들 때에는 과감하게 나를 위해 비행기 티켓을
끊는다. 잔뜩 뜨거워진 일상의 열기를
식히기 위해.

길고 긴 시간을 머무르다가
다른 곳이 보고 싶으면
늘어진 짐을 챙겨 떠났다.

완벽하게 계획한 여행은
아니었지만 완벽하리만큼
마음에 들었다.

그렇게 지낸 계절은
다른 어떤 날보다 진했다.

보이지 않는
깔끔한
일자 도로를
달리다가

발자국만   나를 제대로 파악하게 된다
보이는
숲길로
이탈하면

해가 뜬다.

하얗게 눈 쌓인 땅을 뚫고 나온
신선한 당근처럼.

참으로 고요하다.

새벽 다섯 시 반,
어딘지 모를 땅 위에 떠 있다.
충분히 잤는데도
아직 절반도 오지 않았다.

얇은
티셔츠를
입은
사람들
속에서

나
홀로
입고 있던
두터운
기모 후드
두께만큼이나

어색했다.

여기저기 돌아다니며
붉은 기운을 끌어안아

그을린 피부는

겨울이 다가올수록
은은해진다.

해가 지지 않을 뿐인데 하루가 길어졌다.
시간이 늘어나니 한정 없이 느긋하다.
바로 하루 전까지만 해도 빼곡하고
촉박했던 시간이 바람처럼 흩어진다.

어느새 식어버린
사우나의 온도를 올리려고
달궈진 돌에 물을 뿌려준다.

모두가 함께 있는 공간이기에
주변 사람들에게 괜찮은지
양해를 구한다.

아무나 할 수 있지만
허락 없이 해서는 안 되는 일.

나근나근 낮은 음으로
대화를 나누다가도
그때만큼은 뜨거움에 저항하듯
말꼬리를 올려야 한다.

언덕은 어쩌나 낮은지
그곳에 쉬는 이들은
멀리 에메랄드 지붕을 가진
헬싱키 대성당을
우러러볼 것 같고,

옆에 있는 대관람차
꼭대기에서는
성당 끝을
볼 수 있을 것 같다.

마침 그곳에서 진행되던
결혼식에는 보는 이가 많지도,
주인공이 풍성한 드레스를
입고 있지도 않았지만
유독 돋보였다.

어쩐지 어색해 보이지 않다.

그 은은한 조명 아래
오랜 가죽이 푹신하도록 받쳐주는
곧은 금속 의자에 앉아서

겉은 바삭하고
속은 촉촉한
크루아상과
코끝을 자극하는
향이 풍기는

시나몬 롤과
커피를 주문했다.

AVOINNA / OPE
ma-pe / mon-fri 10-
la / saturday   11-
tel. 09 612 3638 • chezmariu

사뭇 딱딱한 먹색 문을
열고 들어가면 색색의
책들이 반긴다.

무심하고 불규칙해
보이면서도 나름 뒤적이기
편할 정도로 정갈하게
쌓여 있다.

책을 정리하던 주인은
낯선 나를 보고도
환하게 웃으며
편하게 구경하라 말한다.

오후 네 시 반.
해의 기운을 받아
풀이 짙어지는 시간.

이럴 때면
가볍게 책을 읽고 싶다.

가벼울 때 읽는
가벼운 책은
어느 때보다
무겁게 마음에 쌓이므로.

가게에서 단 한 벌밖에 없는
셔츠를 데리고 나왔다.

그나저나 손잡이는 어디서 났을까.
어떻게 얻을 수 있을까.
줄곧 탐난다.

자 이제 내리세요.

한마디에 질서를 지키며
내릴 준비하는 어른들.

어딘지 모르는 곳에
떨어진 참으로
무해한 얼굴이다.

펄럭이는 깃발만 봐도
소녀처럼 웃는
어른들을 보면서
지루하지가 않다.

넓은 잔디 벤치에 앉아
교회를 바라보며
점심 도시락을 꺼냈다.

소풍 온 것 같다.

수오멘린나 섬을 거쳐
가려고 했던 목적지는
섬 하나에 사우나만
달랑 있는 곳이다.

그야말로 한적하게
자박자박 돌 위로
올라온 백조가
털을 고르게 가꾸고
물을 한참 털어내는
장면을 멍하니
지켜볼 수 있는
조용한 섬이다.

고요한 비행,
신선한 당근처럼
땅을 뚫고 떠오르는 해,
꽉 찬 그때의 웃음,
복슬복슬한
녹색 나무 가운데
단단한 빨간 지붕,
잎이 반짝이는 눈부신 날씨,
잔뜩 기울어진 그림자,
할 일이 없어 좋다,
무얼 할 필요가 없으니
일이 없다,
따뜻한 파란색을
품은 도시.

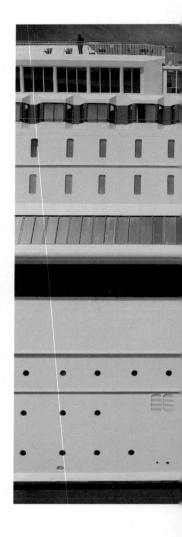

'서른 살이 되면 한 달 동안
블라디보스토크에서부터
러시아 횡단 열차를 타고
러시아를 지나 옆에 있는
에스토니아라는 나라에
갈 거예요.'

183

파란 도시 헬싱키에서
두 시간을 달려
온도차가 느껴지는
도시 탈린에 도착했다.

붉은 벽돌 이미지가
강렬한 에스토니아에서
처음 본 트램은
아이러니하게도 블루.

바다를 옆구리에 껴서인지
환상처럼
마냥 따뜻하지만은 않다.

내가 문을 열기 전까지
다른 주인을 모셨으므로
그의 손때가 그대로
묻어 나온다.

낯선 타인의 흔적에
새로운 내 짐을
늘어놓았다.

밖에 돌아다니는 이 없고
돌아가야 하는 날이
다가오니 그간 쉬이
잠들었던 백야가 아쉽다.

대로변에 멈췄던 버스는
주저 없이 가버리고
나만 덜렁 남겨졌다.

정류장 표지판에 쓰인
'룸무' 글자만으로
이곳이 그곳이구나
알 수 있다.

225

227

집에 갈 생각을
입으로 꺼내자
설핏 먹구름이 졌다.

아쉬움은
선물로 대신 채워도
남아버린다.

농도 짙은 시간을 보내려고
소중한 하루들을 모았고,
이번 여행을 다녀오려고
1년에 받은 휴가의 1/3을 쏟았다.
그곳에서 보낸 일주일은
인생의 1/3 넘도록 남을 것이고,
데려온 물건들은
한평생 함께 지닐 예정이다.

할 일 없이 보낸
편안한 시간들

피부 트러블에 관한 책이 눈에 보여서 '이건 나를
위한 책이네'라고 했더니 옆에 있던 친구가 '회사를
그만두면 되는 거 아니야?'라며 쿨하게 가버린다.
'맞네' 속으로 생각하고는 아직까지 회사에 다니는
중이다. 입술이 몇 번이나 부르텄는지 모른다.
월화수목금 바빴음에도 뭘 했는지 기억나지 않는다.
머리가 굳은 날에는 잉크라도 잘 굴러갔으면 하지만
그럴 리가 없고.

아이러니하게도 이런 틈에 여행을 가면 오히려
여유롭게 지낸다. 끝내지 못하고 마무리를 기다리는
일들이 머릿속을 떠돌아다녀서 당최 조용할 날이
없을 것 같지만 그렇지도 않다. 스위치 전원은
명확하게 on, off. 고집스럽게 여행을 얻은 만큼
끈덕지게 늘어졌으니 밀도 높은 시간을 보내는
것이다. 이때 쓴 무해한 글들은 참 낯설게도
다정하다.

할 일 없이 보낸 그때의 시간을 정리하고 난 후
마지막으로 '작가의 말'을 쓸 차례다. 작가라니.
그간 내가 어디에 있는지에 따라 바깥에서 불리던
호칭이 달랐다. 회사에서는 대리님, 학교에서는
선생님, 작업할 때에는 작가님. 낯 뜨겁다.
작가가 되리라고는 상상도 못했지만 잠시 멈추던
시간에 전시를 열고 책을 만들면서 자연스레
얻게 되었다. 하지만 작업을 그만둔 터라 '작가의
말'을 쓰고 있는 지금이 어색하면서도 시간을
허투루 보내지 않았음을 증명하듯 뿌듯하다.

어쩌면 인스타그램보다 덜 인스턴트한 그저 그런
기록으로 남았을 글을 종이 위로 끄집어내어주신
분께도, 이번 여행에서뿐 아니라 평소 옆에서
할 일 없이 함께 시간을 보내준 분들께도, 아꼈던
연차를 마음껏 쓸 수 있게 허락해주신 분께도
감사하다.

앞으로도 연차를 차곡차곡 모아보겠습니다.

북노마드